UNRESOLVED DREAMS

NISHA SAARSAR

Contents

Part 1

Part 2

Part 3

Part 4

Part 5

Part 6

Part 7

1. Main Kaun Hun? 21

Part 8

Mera Khuda

Part 10

Part 11

Part 12

"Hairatangez hai zindagi...behad! Shayad har koi yakeen na kar sake. Lekin mujhe lagta hai ki mera khud ka yakeen hi bahut hai ..

Khuda par... ya fir kuch khwaab par..

Mujhe 'talash thi ...kuch khwaab ke sahi matlab jaanane ki kya vakayi kisi ki zindagi alag ho sakti hai jaisi aaj meri hai ?

Maloom nahi.. Lekin fir bhi ek umeed thi ki shayad iska matlab pata chal jaaye.. Shayad is khuda ka karm ho jaaye.

Iss zehan me lakhon swal hain aur kuch aise jineh jaanna shayad behad zaroori hai .

To aaiye ham aapko apne khwaab se rubaroo karwate hain...."

Prisha ki ye baat sunkar ek baar to meri rooh andar se hil gayi naa jaane kaise khwaab honge aur koi khwaab ko lekar itna sanjida kaise ho sakta hai?

Ye khwaab jo uski zindagi se jude huye hain.

9 saal lagatar aise khwaab dikhna ajeeb tha.

Malum to yahi hota hai ki Prisha ki rooh paak hai jo aane wale waqt ko dekh sakti hai ya fir ye kahun ki Prisha ke paas strong intution power hai.

Prisha bahut alag ladki hai, bachpan se use sirf ibadat pasand hai aur uska manna hai ki khuda ek hai ! beshak isme koi shak nahi.

Chahe koi bhi mazhab ho use har, use har us chij me dilchaspi hai jime bhagwan ka zikr ho jo use iss parmatma se jod kr rakhe.

Kabhi apni zubaan se “Khuda” kehti to Kabhi “Bhagwaan”.

Ye dilchaspi har insaan nahi dikha sakta, aur aaj ke waqt me to bilkul bhi nahi, Kitna paak dil hai uska. Bahut zyaada.

Aaj kalam

Meri hai lekin zubaan aur dastaan Prisha ki.

1.

Jahan tak mere khwaabo ki baat hai to mujhe ye to nahi yaad ki pehla kon-sa khwaab tha. Lekin me issi khwaab se shuruaat karna chahti hun. Waise to me hindustaani hun aur kabhi bahar ke mulkon me jaane ki kabhi meri koi dilchaspi nahi rahi.

Main shayad us waqt seventh standard me thi jab ye silsila shuru hua.

Ye khwaab bahut ajeeb tha.

"Ye kaali-si raat aur ye ghar jo maine kabhi khuli aankho se hindustaan me nahi dekhe...ye kisi bahar ki jagah ka scene tha.

Ek ajeeb aur khatarnak sa chehra...jo kab se ek ladki ke piche bhag raha tha, vo uss ladki ko berahami se maar raha tha ..ladki khud ko bachana chah rahi thi lekin vo bechari bebas thi.

Uss khwaab me main us ladki ko jaise bachane ki koshish karti to koi ajeeb si bandish mujhe uske paas jaane nahi de rahi thi.

2.

Noori...! Haan jo khwaab me vo ladki dikhti thi shayad uska naam noori hai. Vo mujhe khwaab me aisi jagah lekar gayi jahan bahut sukoon tha. Noori ne light purple colour ka libaas pehna tha. Aur vo mujhe ek hari-bhari jagah le gayi. Har taraf phool aur greenery thi. Noori ki umr to aise lag rahi thi jaise vo 18-19 saal ki ho aur me ek chhoti-si bacchi ki tarah noori ke sath khel rahi thi. Ye mahol bahut shaant tha. Duniya ki zad-o-zehad se dur. Waah! Ab ye noori koi bhi ho isne mujhe kuch pal ka aaram to diya.

Noori kayi baar mujhe aise hi dikhi,

Ye to rahi khwaab ki baat.

Lekin real life me, mujhe kashmir se aaye ek bhai ne mujhe isi naam se pukara. (Kashmir se jo log garm shawl, aur kapde bechne aate hain).

Unhe mera naam to yaad nahi tha lekin baar-baar vo mujhe noori bula rahe the, maine is par itna gaur nahi kiya,Bhai ne mujhe shawl diya aur kaha ye ab tumhara hai.

Kuch Waqt ke baad mujhe yaad aaya ki bhai ne mujhe noori kaha tha, mujhe noori dikhti hai lekin ye baat to main hi jaanti hu aur koi nahi aur me is tarah soch me pad gayi ki aakhir ye sab kya ho raha hai.

3.

"Aur ye khwaab bahut hi ajeeb hai jise bhulna shayad utna aasan nahi tha...!

Ye thoda khaufnaak hai ...!

"Main apni kabr me so rahi thi tabhi ek chamakdaar chaadar jo laal rang ki thi aur thodi si sunehari. Vo chaadar udte huye meri kabr me aayi aur mujhse lipat gayi aur mujhe kabr se baahar nikal diya. Meri aankhen band thi lekin me chal rahi thi maine khud ko kaale rang ke libaas me paaya.

Meri kabr ke thik upar puraani building thi.

Main jaise hi chalne lagi to kisi lohe ki chij se takra gayi aur mere sar se khoon nikalne laga, main wahin behosh ho gayi.

Yahan main behosh to thi lekin main sab kuch sun sakti thi.

Meri aankhen band thi lekin main sun rahi thi ki koi keh raha hai.

" ye to bechari mar gayi lekin iska ek chhota-sa beta hai aur iske shohar ka kya use to malum hi nahi ki ye ab nahi rahi."

Aur fir vo haveli jahan main un dono ko dekh sakti thi.

Sach me ! jise Shohar kaha gaya tha vo fikr kar raha tha. Aur vo baccha kitna pyara tha. Vo chupchap baitha tha.

4.

Mana jata hai ki jab hamara dhyaan kisi chij par jyada ho to hame waise hi khwaab aate hain. Jo batein hamare zehan me hoti hai wahi batein sapno me dikhti hain.

Lekin agar kisi ka dhyaan us jagah ho hi na aur jisne kabhi ye sab socha hi na ho jiski zindagi me iska koi taluuk hi na ho to uske liye ye khwaab dekhna kya ajeeb nahi hai? Wo bhi ek baar nahi baar-baar.

Main saudi arab mein maujood "Kaaba" ke saamne khadi thi. Sabse aage aur baaki ke log picche, Main itni kareeb thi ki mehaz kuch kadam ka hi fasla tha.

Mere sar par hijaab tha bilkul hare rang ka aur thoda sa chamakdaar. Maine apne hath apne kaano par rakhe huye the.

Aur fir dheere-dheere kaaba se vo syaah rang ke parde upar ki taraf uthte gaye. Ye sab main apni aankho se dekh rahi thi. Main kaun hun? Mujhe samajh nahi aata ! haan main bhagwaan me vishwash rakhti hun! Lekin iss taraf mera dhyaan kabhi nahi gaya aur fir mere pass aise dost bhi nahi jo mujhe iske bare me bataye.

Aur iske baad mujhe safed masjid jo sach me itni khoobsurat thi, dekhne me aisa lagta jaise ye yahan to kahin hai hi nahi. Ye to kisi bahar ke mulk me hi maujood hai.

Is tarah dheere-dheere mujhe ahsaas hone laga ki mujhe iska matlab jaanna chahiye pata nahi ye sab mujhe kyon dikh raha hai.

Istanbul ki blue mosque, to kabhi serbia to kabhi kuch.

Meri khawahish badhne lagi ki ye sab jo mujhe dikh raha hai kya kabhi me iska matlab jaan paungi ya nahi.

Uss waqt to mere paas phone bhi nahi tha aur na hi aisi koi chij jisse internet pr hi search kar iska matlab samjha ja sake. Ghar me ladkiyon ko phone dena allowed nahi tha aur mere pass bhi nahi tha.

5.

Ek baar mein safed libaas me bilkul akel sunsan sadak par ja rahi thi. Bilkul akeli ...raaste mein sukhe patte gire huye the. Aur tabhi ek safed aur lambi chadar mere sar se hoti huyi udd gayi. Aur main ghabrakar uth gayi.

–Aur fir ek aisi raat jahan main akeli rait ke ek bade raigistaan me ghum rahi thi mujhe wapis ghar jaane ka raasta nahi mil raha tha. Tabhi ek shaksh jo safed libaas me lipta hua tha aur uska chehra bhi safed libaas se chhupa hua tha, "Usne mera haath pakda aur kaha ki aapko yahan nahi hona chahiye tha!"

Aur ye kehte huye usne mujhe bahar nikaal diya.

–Main kareeb 5-6 saal ki ladki ki shakal me khud ko dekh rahi thi. Ek aurat ne mere haath me mujhe kaayda diya aur mere sar par orange colour ka hijaab pehnate huye kaha ki jaldi karo namaaz ke liye deri ho rahi hai!

Kuch khwaab to zehan se nikal gaye sirf unki halki si jhalak hai. Waqt ke sath me ye sab bhul gayi. Socha shayad ye sab mera veham hai lekin jo iske baad hone laga vo bhi thoda ajeeb raha. Waise maine jyada sochna munasib nahi samjha.

6.

Aur ye khoobsurat insaan na jaane kaun hai? Aur isi sawal ne uska khwaab me aana rok diya.

Ye shaksh jab bhi mujhe dikhta, mera vo din accha jata aur mujhe positive feel hota jaise koi lucky charm ho.

Main hamesha se apni study par focus rakhna chahti thi. Aur mera dhyaan sirf aur sirf meri padhayi par tha lekin kayi baar aise khawaab mera dhyaan apni taraf khhinch lete the.

"Main iss shaksh ko jaanti tak nahi, na hi maine kabhi ise apni real life me kabhi dekha. Kaun hai ye? Kyon hai? Kisliye hai? Mujhe nahi maloom! Lekin jab bhi yc mujhe khwaab me dikhayi deta to aisa lagta jaise ki mera isse bahut puraana connection hai. Jab tak janab khwaab me aaye to -ek roohani sa ehsaas mujhe milta raha."

Pehli baar jab maine iss shaksh ko dekha to aisa laga jaise me ise janti hun. Vo shimla ka purana road aur barf ki badi-badi chaadar.

Bilkul sunsaan-si jagah. Aur main us road par akeli ja rahi thi...ek bench par ye shaksh baitha hua tha. Main usi ki taraf ja rahi thi aur vo mujhe dekhkar muskura diya. Usne mujhse kaha ki akele is tarah sunsan sadko par mat nikla karo... apna khyaal rakha karo...Chalo ab ghar jao."

Aur fir maine dekha ki main apni classes khatam kar ke wapis ghar aa rahi thi aur tum thik mere picche chal rahe the. Maine picche mudkar dekha to tumne kaha "bas sidha ghar jao."

Pata nahi tum bar-bar aise kyon bolte the.

Ek baar fir ye khawaab dekha jo bahut hi ajeeb tha. Ye jagah bahut purani-si thi, jaise bahut purana waqt ho ...hamara ghar aisa tha jo mitti se bana hua tha. Maine safed rang ka libaas pehna tha aur tum thake huye se lag rahe the. Main khud ko bimaar ki halat mein dekh rahi thi. Maine jab apko dekha to main sidhiyon se niche aa rhi thi aur tabhi aap meri taraf aaye jaise apko meri fikr thi. Aur aapne kaha

"Aisi halat mein apko niche nahi aana chahiye." Aur mein thak kar wahin sidhi par baith gayi"

Muje ek car bahut pasand thi, ye baat sirf me jaanti thi, kyonki main sirf car ki khwaahish hi kar sakti thi. Ye to baat rahi real life ki lekin hairaani to tab huyi jab

Aap usi car ko mere khwaab me lekar aaye. Aur aapne kaha ki amaya dekho ye kaisi hai.

"Ab ise me kya samjhu kaise koi dil ki bat jan sakta hai jaise aap khwaab me aakr sab kuch keh jate ho ! dil aur dimaag ya fir khwaab ye to sirf khuda hi jaanta hai na. Aur koi nahi. Lekin wohi chehra bar-bar dikhna aur fir pura din sukoon se niklna kitna accha ehsaas tha ye."

Aur ye khwaab ise bhi bhulaya nahi ja sakta.

Main maroon libaas me thi aur main aapko dhund rahi thi ...kuch log mera piccha kar rahe the aur un logo ne aapko bahut maara tha. Wo darinde mujhe jalana chahte the. Aur mujhe sirf aapki fikr thi...apke sar se khoon nikal raha tha aur aisi halat mein aap mujhe bach kr nikalne ke liye keh rahe the. Lekin aapko chhod kar main kaise nikal jaati. Lekin jaise hi main bahar nikalne ki koshish karne lagi kuch logo ne mere libaas me aag laga di. Ye dekhkar aap bahut jor se chilaaye.

"Usee mat maaro"

Main khud ko aag se bachate huye. Ek ghar me =hali gayi jahan ek bozorg aurat baithi thi, maine usse aag bujhane ke liye paani maanga to usne mujhe paani laakr diya aur jaise hi maine vo paani apne libaas par dala to aag aur tez ho gayi. Mujhe laga ki ye paani hai lekin vo to oil tha jisse aag zyaada lag gayi. Aur maine jalte huye uss aurat ko dekha to vo meri taraf hans rahi thi.

Main aur aap usi car me ek hilly area me gaye. Aapne white T-shirt pehni thi aur same maine bhi. Hum dono hans rahe the bol rahe the ki tabhi ek zordaar dhamaaka hua. Aur main ek pahadi se niche gir rahi thi maine dekha ki aap mujhe bachane ki koshish kar rahe the. Aapne mera hath pakda hua tha. Maine ye nahi dekha ki main marne vali hun. Main sirf aapki aankhen dekh rahi thi jinme aansu the aur aapki aankhien bilkul laal aur surkh ho chuki thi.

Ye galiyan bahut hi ajeeb thi, aur ye shaksh jo hame marna chahta tha. Iss jalil insaan ne hame bandish mein rakha hua tha. Lekin aap mujhe bachana chate the aap ko sirf meri fikr thi lekin tabhi mujhe ek masjid dikhayi di jo safed thi aur usme se ek roshni nikalti huyi dikhayi di, Aur uske baad hamne khud ko mehfooz paya.

Iss khwaab mein main bhaut khubsurat dikh rahi thi. Mujhe apna ek ghar dikh raha tha. Chota tha lekin khubsurat tha. Uss khwaab mein meri mom bhi thi, Jaise vo hamare ghar aayi ho. Aisa lag raha tha ki jaise meri shadi ho chuki hai aur shadi ke baad mom ghar aayi hain. Tabhi aap aaye, aur aapne mom ke liye kuch lane ke liye mujhe kaha. Main jaise hi bahar gayi to kuch log mujhe marne ke liye mera piccha karne lage. Main darr gayi thi aur teji se bhagne lagi tabhi aap mujhe mile aur aap ne mujhe gale se laga liya. Aur kaha

"Chup ho jao! Araam se! Koi tumhe kuch nahi karega. Jab tak main aapke sath hun."

Main itni darr gayi thi ki jab uthi to mujhe bahut paseena aa raha tha. Aur yahan se main aapke baare me aur sochti rahi ki na jaane aap kaun ho? Jo iss tarah ke khwaab mein aate ho!

Main ye baat har kisi ko nahi bata sakti thi, Darr lagta tha ki koi mere bare me kya sochega.

Kahin koi ye na soch le ki mujh par bura saya hai. Lekin aise kaise ho sakta hai mujh par bura saya agar hota to kya mujhe khwaab mein masjid dikhayi deti? Nahi.

Iss bare mein jaanne ke liye maine bahut koshish ki. Kaun hai ye shaksh aur mujhe ye kyon dikhayi deta hai?

Waqt apni chaal chalta raha aur main bhi ye sab bhulne lagi. Mujhe laga ye sab mera veham hoga! Lekin Kuch waqt ke baad main apne zehan me yahi soch rahi thi ki na jaane kaun hai ye insaan jo mujhe dikhta hai?

Aur thik usi raat ko aapne kaha.

"Aaj ke baad main tumhe kabhi nahin dikhunga!"

Main pehle to yahi soch kar hairan thi ki ye baat to main jaagte huye soch rahi thi to meri zehan ki bat aapko kaise malum. Aur fir hua bhi aisa hi aap mujhe fir dikhe hi nahin.

Aur aapka na dikhna hi mujhe apke bare mein sochne par aur mazboor kar gaya.

Uske baad maine bahut socha ki aapke bare mein kisi se puchu ki aap kaun the? Jo meri itni fikr karte the? Har buri chij se mujhe bachate rahe! Kya wakayi aap koi naik rooh ho?

Kareeb 6 saal baad bhagwaan ne mujhe suna. Uska mujh par karam hua. Main jin sawalo ko apne zehan mein lekar jee rahi thi aaj unka jawab milna mere liye bahut zaroori tha.

Mujhe ek ladki mili jo khwaab ka matlab bata sakti thi. Wo ek tarot reader thi.Maine bhi use khulkar sab kuch bata diya ki main kaun hoon aur mujhe iss tarah ke khwaab kyon aate hain ?

Usne mujhe bataya to bahut kuch jise sunkar mujhe sukoon-sa mehsoos hua.

"Kuch connection hai... is person se apka. Ho sakta hai in future aapko ye mile. Lekin jis chehre mein ye dikhta hai uss chehre mein nahi"

Maine puccha "jaise main use khwaab mein dekh sakti hun kya wo bhi mujhe dekh sakta hai?"

Uss ladki ne kaha, " Nahi vo apko nahi dekh sakta! Lekin mujhe lagta hai jis hisaab se aap khuda par yakeen rakhte ho, Ye khuda ka koi naik insaan ho sakta hai. Kyonki apko ye hamesha acchai mein dikha hai aur apko kuch roohani ehsaas bhi hota hai. Jis din bhi aapko ye mila to apko khud ba khud malum ho jayega."

Maine puchha , "Kya sach mein vo exist karta hai aur kahan karta hai? Aur ye puraani haveli, ghar mujhe kyon dikhayi dete hai?

Usne kaha ki main itna nahi bata sakti lekin haan ye exist karta hai lekin malum nahi ki ye human form mein hai ya nahin.

Itna sunkar mein ghabra gayi lekin itna jaankar bhi sukoon hua ki koi to tha jo hamari fikr karta hai.

Lekin uss ladki ne ye nahi bataya ki aap iss duniya mein maujood ho ya nahi.

Ab hamne ye kissa yahin khatam kar diya aur iss rab par chhod diya ki Jo ye karega wahi behtar hoga.

CHAPTER ONE

Main Kaun hun?

Dil chahta hai ki main bhi ek normal-si zindagi jee saku. Lekin malum nahi ye sab mere sath kyon ho raha tha.

Bachpan me Maa ne bhagwan se iss tarah jod diya ki aaj tak main alag nahi ho paa rhi. Kayi dafa aisa lagta hai ki bas khuda mujhe ab azad kr de. Iss duniya se, inn logo se aur khud mujhse. Ye duniyavi chijen mujhe apni taraf sirf kuch waqt ke liye khinch sakti hai lekin hamesha ke liye nahi .

Bachpan se ab tak bas mujhe sirf khuda hi chahiye tha jo kisi ke sath na hi ladta aur na hi kisi bhi tarah ka fark karta. Khuda to sabse mohabbat krta hai. Sabhi se!

Fir ham log ye kyon nhi samjh paate ki jo hawa hamare mulk mein hai v wohi hawa dusre mulkon mein bhi jaati hai. Jo aasmaan hamare sar par hai wahi aasman dusron ke liye bhi hai, Jis zameen par hum hain vo zameen bhi kabhi insaano mein fark nahi karti. To fir hum kaun hain jo insaaniyat mein fark karte hain.

Kabhi khaane par, to kabhi pehnne par to kabhi bolne ke andaaz par..

Aakhir hum sab hain to insaan hi. Lekin kuch galtiyon ki saja baki ke masoom logo ko kyon milti hai.

Ye jaante huye bhi ki hum sabhi ko ek din ye jahaan chhod kr jaana hi hai. Fir iss jahaan par hum kyon apna haq dikhate hain. Jo kabhi hamara hai hi nahi.

Maut ke baad insaan ke sath uski nekiyan jaati hai. Na ki ye duniyavi daulat.
Fir kyon iske piche log bhaagte hain.

Aaj jo sabse khoobsurat hai wahi dil se sabse jyada badsurat hai. Lekin nahi, hame to sabse khoobsurat chij chahiye. Aur agar koi khoobsurati na dekhe sirf sacchai ya neki ko dekhe to insaan sochta hai jaroor koi lalach hai.

Ye insaan hai, Iski zaroorat kabhi puri nahi ho sakti.

Kabhi Nahi.

Ye matlabi hai.

Jiske paas bhagwaan hai use sirf bhagwaan se matlab hai.

Jiske paas khuda hai use sirf khuda se matlab hai lekin khuda aur bhagwaan kaun hai ye unhe nahin malum aur na hi vo janne ki koshish karte hain.

Ye hai insaan jo sirf apne matlab ke liye khuda ko yaad krta hai. Aur bewajah jahaan me sukoon aur aman ko kharab krta.

Na jaane konsi galat-fehmi mein ye insaan jee raha hai.

Kyon use khuda ki ba-sharte mohbbat nazar nahi aati.

Na jaane ye apne khawahishon ko dafan kyon nahi karta.

Bechaara bhul jaata hai ki ye khawahish use barbaad bhi kr sakti hain.

Aur jab vo pura barbaad ho jata hai to aakhir mein khuda se sawaal karta hai

"Tune aisa kyon kiya"

Kya wakayi aisa hai ki jo bhi kuch galat hota hai vo khuda ne kiya hai

Nahi bilkul bhi nahi.

Agar aisa hota to ham kabhi iss duniya mein nahi aate.

Varna aise bhi mamlat samne aaye hain jisme paida hote hi baccha 2 saans lekr iss duniya se rawana ho jaata hai.

Parivaar mein agar kisi khaas ki maut ho jaaye to bhi unhe zindagi ki ahmiyat ka ehsaas nahi hota.

Main kareeb 5 saal ki thi jab mujhe ajeebo-gareeb chehre dikhai dete the. Kabhi khwaab mein to kabhi khuli aankho se.

Khuda par yakeen rakhna galat nahi aur jo insaan sabse jyada khuda se mohbbat krta hai use aksar aisi chijon ka saamna krna padta hai.

Kaisi chijen?

Spritual aur supernatural maybe.

Main kuch chijon ko jaldi samjhne lagi thi jaise waqt chah raha hai ki jo sikhna hai aur kuch bhi krna hai waqt rehte kar lo na jaane kitne roz baaki hai. Apni umar se jyada maine sikha hai.

Kabhi main bacchon ke sath baithna pasand krti hun to kabhi buzorgon ke sath.

Aur baat sirf khuda ki.

Ma Sha Allah!

Aisi jagah mujhe bahut sukoon milta hai. Jahan har taraf hara rang ho yaani hariyali ya fir ye kahun ki jaahan sukoon ho aur iss matlabi insaan ki pahunch na ho.

Chalo maana ye to meri soch hai ya fir meri tassavur. Lekin fir bhi har insaan yahi chahta hai ki vo duniya ki tamam fikr se duur rahe. Jahan kisi bhi tarah ki fikr na ho. Shor na ho, Jalan na ho, fark na ho!

Lekin iss duniya mein rehne vaale log ye kabhi nahi samajh sakte ki ye sab, jiske picche ham daud rahen hain sirf aur sirf duniyavi zaroorten hain jo kabhi hamare sath nahin jayengi, sirf hamare acche karam aur neki hi hamare sath jaati hai.

Mera Khuda

Mera khuda iss lafz se jo sukoon milta hai shayad aur kisi lafz se na mile.

Aksar ham apni sari takleef apni maa ko batate hain usi tarah main bhi apni baat apni takleef apne khuda ko batati hu lekin ab nhi, kyonki ab vo meri har baat se waaqif hai. Vo jaanta hai ki mere zehan mein kya chal raha hai.

Kaun galat hai aur kaun sahi.

Main aisi insaan hun ki jab main khuda ke baare me baat krti hun to mujhe sirf usi ki baat krni hai. Main apni puri zindagi khuda ki baatein krne mein guzaar sakti hun.

Mujhe malum nahi ki main iss parvardigar ke baare mein itna kyon sochti hun? Kyon main dusri ladkiyon ki tarah nahin hun? Kyon mujhe sajna sawarna pasand nahin?

Kyon mujhe dusre logo ki tarah rehna pasand nahin? Kyon mujhe saadgi pasand hai?

Iss par kayi dafa mazak bhi banaya gaya lekin maine kabhi gaur nahi kiya.

Kya baar mujhse ye bhi pucha gaya ki kya mujhe koi shaksh pasand hai ya nahi.

Haan mujhe vo shaksh chahiye jo mujhe khuda ke sath jod kr rakhe na ki duniya se. Jo meri soch ki kadr kare. Jiski soch paak ho. Dil Saaf ho

Meri tarah Jhuth aur galat lafzon, dikhawe ki zindagai par yakeen na krta ho.

Kya aisa koi insaan hai nahi beshaq nahin lekin kuch log aise ho sakte hai.

Duniya main koi bhi bura nahi sirf halaat hi use bura banate hain.

Insaan ka kirdaar dusre insaan ke kirdar par badlta hai lekin uski sirat kabhi nahin badalti.

Jisko jitna ilm hai vo utna hi use apni zindagi mein apnata hai.

Fir bhi mera khuda sabhi se mohbbat krta hai. Lekin usse mohbbat kuch log hi karte jinhe pata hai ki Khuda kaun hai.

Kaash ye duniya apni main chhod de aur sirf iss khuda ko yaad krke iss zindagi ko pura kare.

Main 9th class main thi jab mere zehan mein Urdu sikhne ka khyaal aaya.

Main urdu bahut hi shiddat se sikhna chahti thi.

Mere ghar se 5 ghar chhod kr ek ghar tha Jo meri friend Rubina ka ghar tha. Rubina meri bahut hi acchi dost thi jisne mujhe Urdu ke kuch lafz sikhaye aur mere liye kaayde bhi lekr aayi. Meri madad krna use accha lagta tha.

Har Eid par vo mujhse mehandi lagavati thi. Aur mere liye kheer bhi laati thi.

Lekin jaldi hi uski shaadi ho gayi. Uski umr kam thi, ye dekhkr mujhe bahut dukh hua. Aisa nahi hona chahiye tha.

Us din se mujhe koi urdu sikhane vala nahin tha.

Maine bhi ye khyaal apne zehan se nikal diya.

2 saal baad maine college join kiya. Jahan mujhe bahut acche dost mile.

Social media par bhi mujhe meri ek dost mili jo Afghanistan se hai.

Uska naam Anila hai.

Hum duur to bahut hain lekin sabse jyada kareeb hain. Dil se.

Aur aaj bhi, Meri dost ka dil bilkul saaf aur nek hai. Zindagi rahi to main usse zaroor milna chahungi in sha allah.

Anila meri bahut fikr karti hai, hamesha se hi ek badi behan ki tarah.

Ham zindagi rehte ek dusre se milna chahte hain lekin malum nahi ham kab milenge.

Aaj anila ki shaadi ho gayi hai aur uski ek beti bhi hai Esra, 2 saal ki.

Jo mujhe "Khala" kehkr bulati hai.

Jis duniya ke logo par main jara sa bhi yakeen nahin krti thi us duniya main nek dil insaan bhi hain ye jaankr bahut khushi huyi. Aur main khushnaseeb hun ki anila meri dost hai ya fir main ye kahun.

She is my sister from another nation.

She is my sister from another mother.

Fir college ke dino me main Dr.Zeenat Khan se mili. Waise to class main unke bahut se students the jo unki attention paana chahte the. Lekin unki sabse jyada attention mujh par hi thi. Aaj bhi vo mujhe pehchaanti hain.

"Aur mujhe my dear Nisha kehkr bulati hai."

Sach main kuch to nek kaam kiya hain maine jo mujhe khuda ne itne pyaare logo se milaaya hai. Ye mere apne hain.

Fir sochti hun ki na jaane main kaun hun jo ye log mujhse itni mohbbat karte hain aur aaj tak mere sath connected hain.

Ye khuda ka mujh par karam hai, jo usne mujhe aise logo se mukhatib karvaya.

Ek waqt aisa tha jab mujhe koi dekhna bhi shayad pasand nahin krta tha sivay meri Mom ke.

But apne liye itni ahmiyat dekhkr bahut khushi huyi. Aur yakeen bhi majboot hua ki khuda yaheen-kahin hain.

Mujhe khuda ke baare mein aur janna tha aur is safar main mujhe khuda ke nek insaan bhi mile.

Jis umar mein log ishq-mohabbat farma rahe the use umar mein maine Khuda ke baare mein hi sochti rehti thi.

Meri ek aunty thi jo Christian thi. Vo na hi bol sakti thi aur na hi sun sakti thi. Unse baat krne ke liye mujhe sign-language ka istemaal krna padta tha. Lekin vo bahut acchi aunty thi. Unhone mujhe Holy Bible padhne ke liye di.

Jab maine unse ishaaron mein pucha ki aap ne mujhe ye kyon di hai ?

To unhone ne ishaaron mein kaha please get to know more about Jesus Christ.

That's really heart-touching.

Fir main satsang jaane lagi, Mujhe satsang jaana accha lagta tha jahan ek khuda ki bat hoti thi aur logo ko samjhaya jata tha ki khuda ek hai, parvardigar ek hai, bhagwaan ek hai.

Uss satsang mein kareeb-kareeb sabhi mazhab ke log aate the chaahe vo hindu ho ya muslim ya fir sikh-isaai.

Bahut accha lagta tha ye sab dekhkr ki sahi mayne mein ab duniya ki aisi jagah mili hain jahan sabhi milkar ek khuda ki baat krte hain.

Lekin yahan bhi mujhe ek hi baat ka ehsaas hua ki baat karna aur use apni zindagi mein amal karne mein bahut fark hai.

Log ek kaan se sunte hain aur ek kaan se bahaar nikalte hain.

Asal mein to lakhon mein se ek insaan hi hota hai jo khuda ko ek maanta hai aur jise ilm hai.

Yaa fir jise gyaan hai ki bhagwaan kaun hai vahi sabse behtar zindagi ji sakta hain. Bahut kam hain aise log aur mujhe lagta hai ki aise logo ki apni alag hi pehchan hai aur saadgi bhari zindagi hai.

Ab baat karte hain unn bacchon ki jo ya to 3 maheeno ke hote hain ya fir 2 aur 3 saal ke.

Mujhe yaad hai 3 maheene ka baccha lagatar palke jhapkayen mujhe hi dekh raha tha. Uss waqt main satsang hall mein thi. Jab vo nanha dost mujhe dekhte hi ja raha tha. Uski mother ne uski nazar hatane ki koshish bhi ki lekin vo nahi hata raha tha. Hall mein sabhi ye dekh rahe the.

Aur kuch dino main aisa hi ho raha tha ki jo bhi chhota baccha hota vo mujhe dekhta jaata. Aur kuch to mere dost bhi ban gaye the.

Mujhe chhote bacchon se bahut mohabbat hai. Ye bacche mujhse aise baat krte the jaise main inhi ki umr ki hun.

"Ma Sha Allah"

Kitna sukoon hai inn bacchon ke saath. Inki bhi duniya khaas hai.

Aur bacchon mein to khuda ka noor hai infact har insaan mein khuda ka noor hai.

Aur yahi ehsaas vo khuda baar-baar karvata hai.

Har waqt to khuda apne hone ka ehsaas hame karvata hai lekin ye zaalim insaan apni main chhod kr khuda ki panah mein khud ko nahi rakhna chahta.

Ye insaan to iss duniyaavi chijon ka shaukeen hai. Na hi ye insaaniyat ki kadr karta aur na hi apne guroor ko khaak hone deta.

Fir shikwa bhi khuda se karta hai ! Waah!

Family main sirf main hi sabse jyada padhi likhi hun. Chijon ko jaldi samjhti hun.

Agar main God-lover hun to iska matlab ye nahin ki main duniyadari se bilkul hi alag hun.

Lekin haan! Main kuch to alag hun. Shayad main kuch dekh sakti hun future ya fir ye kahen aane vala waqt.

Khair kuch dino ke liye to maine ye sab veham hain.

Lekin mujhe kuch mehsoos hota tha.

Jaise :-

Mere Chacha ki death.

Mere Dada ji ki death.

Baba ji ka accident.

Ye sab khwaab mein dekhkar to meri rooh hi kaanp gayi thi.

Aur hairaani jab huyi

Jab maine apne father ki death ko bhi 3 din pehle dekh liya tha.

Aur uske baad to yeh silsila chlta ja raha tha.

Maine iss wajah se sona bhi band kr diya tha.

Lekin ye sab nahi ruka nahin. Fir mujhe ye sab khuli aankhon se dikhne laga.

Agar koi mujhe kahin yaad krta to mujhe pehli hi pata chal jata.

Ek gehri saans aati aur dil jaise sikud kr fir se fool jata.

Meri Mom aur mera shayad koi strong connection hai. Jab main mom ko yaad krti to mom ka dil ghabrata aur jab mom mujhe yaad krti to mujhe sirf apni mom ka chehra dikhayi deta.

Koi takleef mein hota to uski takleef mujhe bhi hoti.

Yahan tak mujhe thoda ajeeb laga. Fir socha ki shayad ye bhi mera veham hai.

Chalo koi baat nahi.

Lekin hadd to tab huyi jab iss shaksh ki takleef kuch alag hi mujhe mehsoos huyi.

Pehli baat to ye... Ki main kabhi isse mili nahin.

Jab pehli baar book ke liye baat huyi to thik usi raat kisi ne khwaab me aakar iske baare mein bataya.

Vo lafz kuch iss tarah the.

"Ye kuch pareshan hai. Aur iski mother bimaar hai. Ek aankh mein thoda fark hai. Jaisa dikhta hai waisa bilkul nahin. Dil bhi saaf hai.

Lekin khud apne baare mein kuch nahin jaanta."

Fir ek din baat-baat mein hi maine uss se uski family ke baare mein pucha. Ye bhi pucha ki kya ghar mein koi bimaar hai.

To usne kaha "haan"

Maine pucha kaun?

Usne kaha "MOM"

Mere liye badi hairaani ki baat thi ki main apne ghar ke baare mein to dekh sakti hun lekin. Kisi aur ke baare mein kaise? Aur vo jo itni duur rehta hai jisse kabhi vaasta bhi nhi tha aur na hi kabhi usse mile.

Mazhab bhi alag, religion bhi alag aur country bhi alag. Kisi se ye baat agar puchi bhi jaaye to shayad sab mazak banaye. Isliye maine batana zaroori nahin samjha.

Kayi dafa maine iss shaks ko samjhane ki koshish bhi ki. Aur kuch bataya bhi ki main tumhari takleef ko apne khawaab mein dekh sakti hun. Jab tumhe takleef hoti hai to mujhe bhi takleef hoti hai. Tum so nahi paate to main ye bhi apne khawaab mein dekh leti hun. Aisa mere saath kyon hota hai. Iski kyaa wajah ho sakti hai.

Din bhar mein apne kaam mein lagi rehti hun. Waqt bhi kam hota hai.

Aisa bhi nahin hai ki main uske baare mein jyada sochti houn.

Fir kyon?

Lekin usne to ye baat mazak mein li.

Fir maine apni friend se iss baare mein pucha to usne kaha ki aisa tab hota hai jab khuda aapko kuch dikhana chahte ho ya batana chahte ho. Ya fir tumhari rooh paak hai isliye tumhari rooh ko uske baare mein sab dikhai deta hai.

Fir maine Apni TAROT CARD reader se pucha ki ye sab kya hai.

Usne bhi same yahi baat kahi.

Aur mujhe ye bhi yaad aaya ki maine tarot reader se ek sawal bhi kiya tha.

"Us shaksh ke baare mein jo aksar mujhe khawaab mein dikhayi deta tha.

Tarot reader ne mujhe bataya tha

"Ki woh insaan exist krta hai lekin jis chehre mein aap ko nazar aata hai usme bilkul nahin."

'Maine pucha ki vo kaisa dikhta hai ?'

Usne kaha ki uska chehra thoda ranveer singh jaisa hai. Aur uska car ka business hai.

Tarot reader ne mujhse kaha "hold my hand and close your eyes

You can see his face."

I was wondering that I can see him and he was in black shirt with black car.

Ye baat 2021, January ki thi.

Lekin ye shaksh mujhe 2022 mein mila. Ek-Ek baat isse mil rahi thi.

Aur main hairaan thi.

Kya aisa bhi hota hai.

Ye mere liye bahut hi ajeeb si baat thi.

Isliye maine ye sab iss kitab mein likh diya.

Usne bhi kaha tha ki

"Likh do kitaab mein aisa tha, waisa tha"

Tum kaise ho mujhe nahi maloom lekin main aaj bhi yahi kahungi ki tum jaise ho acche ho aur tumme khuda ka noor hai.

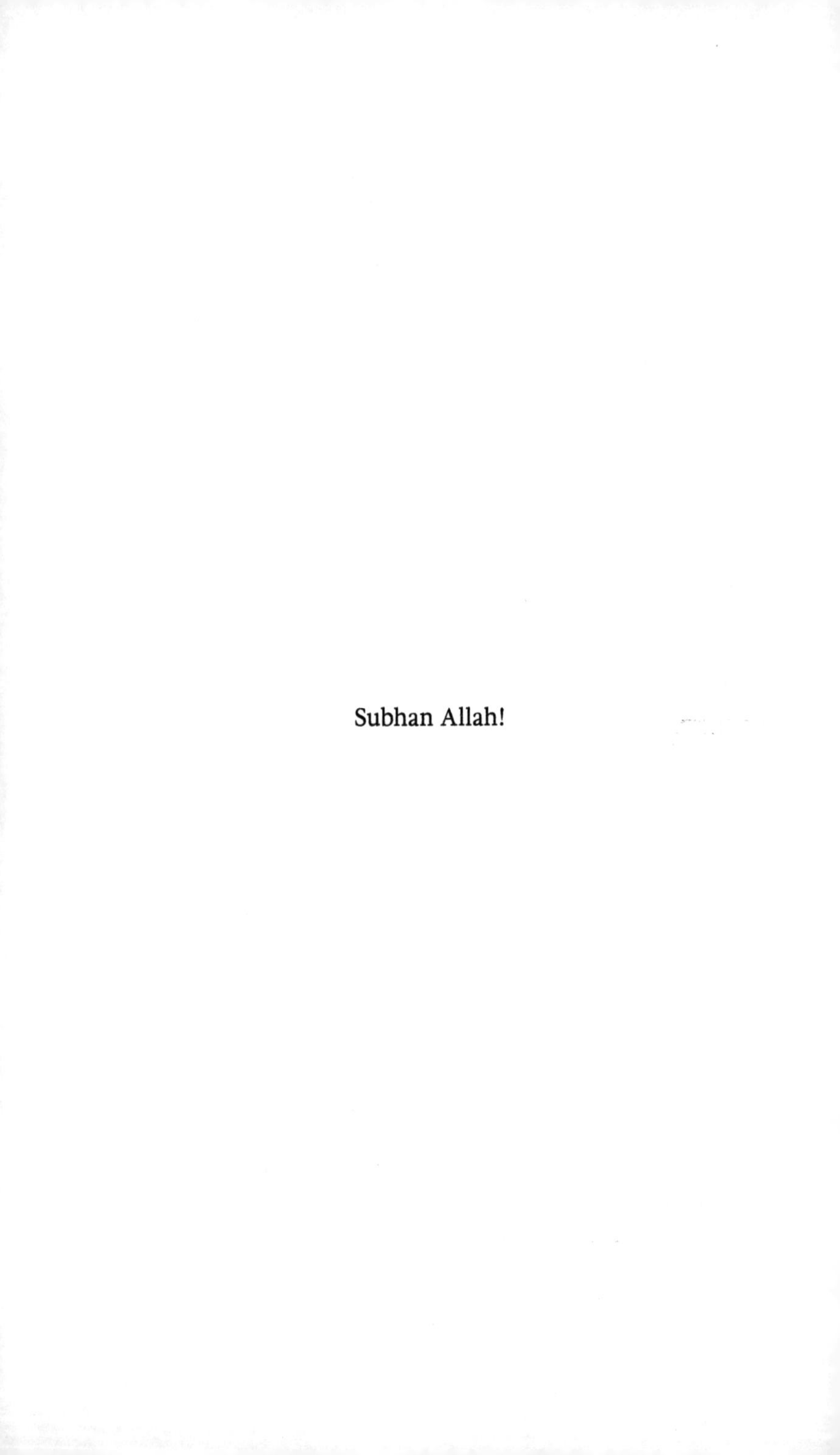

Subhan Allah!

Printed by Libri Plureos GmbH in Hamburg, Germany